LE TEMPLE DU GOUST.

Nec lædere, nec adulari.

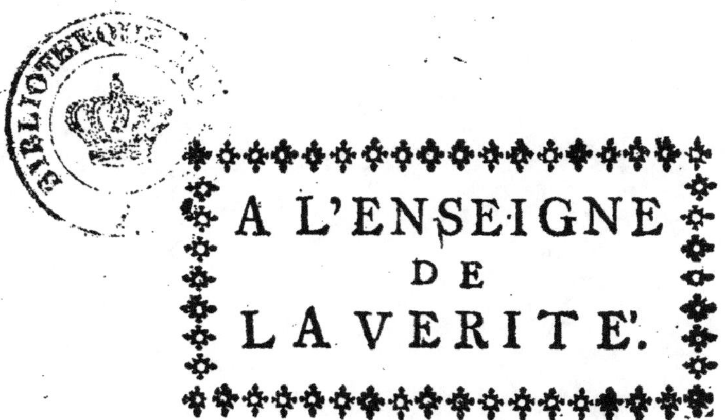

CHEZ HIEROSME PRINT-ALL.

1733.

LE
TEMPLE DU GOUST.

L E Cardinal Oracle de la France,
Non ce Mentor qui gouverne aujourdhui,
Juste à la Cour, humble dans sa Puissance,
Maître de tout & plus maître de lui ;
Mais ce Nestor qui du Pinde est l'apui,
Qui des sçavans a passé l'espérance,
Qui les soûtient, qui les anime tous,
Qui les éclaire, & qui regne sur nous
Par les attraits de sa douce éloquence,
Ce Cardinal, qui sur un nouveau ton
En vers charmans fait parler la Sagesse,
Réunissant Virgile avec Platon,
Vangeur du Ciel, & vainqueur de Lucrece. (1)

Ce Cardinal, enfin, que tout le monde doit reconnoître à ce portrait, me dit un jour qu'il vouloit que je vinsse avec lui

au

---

(1) M. le Cardinal de Polignac, a composé un Poëme Latin contre Lucrece. Tous les Gens de Lettres connoissent ces beaux Vers, qui sont au commencement.

Pieridum si fortè Lepos austera canenti
Deficit, eloquio victi, revincimus ipsa, &c.

au Temple du Goût : ç'eſt un ſéjour, me
dit-il, qui reſſemble au Temple (2) de
l'Amitié, dont tout le monde parle; où
peu de gens vont, & que la plûpart de
ceux qui y voyagent, n'ont preſque jamais bien examiné.   J'en ai entendu
parler, lui répondis-je : Je ſçai que vous
êtes un Saint des plus fêtés dans cette
Egliſe, & que vous avez ajoûté de nouveaux ornemens à cet Edifice.

> Jadis, en Grece, on en poſa
>
> Le fondement ferme & durable,
>
> Puis juſqu'au Ciel on exauça
>
> Le faïte de ce Temple aimable :
>
> L'Univers entier l'encenſa.
>
> Le Romain, long-tems intraitable,
>
> Dans ce ſéjour s'aprivoiſa,
>
> Doux Vainqueur il y dépoſa
>
> Sa barbarie inſurportable.
>
> Le Muſulman plus implacable,
>
> (3) Conquit le Temple & le raſa.

En

---

(2) L'Auteur du Temple du Goût, avoit fait une petite
Piece de pur badinage, intitulée *le Temple de l'Amitié :*
l'ayant lûë au Cardinal, S. E. lui conſeilla de faire *le Tem-*
ple du Goût, & d'étendre un peu cet Ouvrage.
(3) Quand Mahomet II. prit Conſtantinople en 1453.
to &c.

En Italie on ramaſſa

Tous les débris que l'infidéle,

Avec fureur en diſperſa.

Bientôt FRANÇOIS PREMIER oſa

En bâtir un ſur ce modéle :

Sa Poſtérité mépriſa

Cette Architecture ſi belle :

Richelieu vint qui répara

Le Temple abandonné par elle :

LOUIS LE GRAND le décora ;

Colbert ſon Miniſtre fidéle,

Dans ce Sanctuaire attira

Des beaux Arts la Troupe immortelle,

L'Europe jalouſe admira

Ce Temple en ſa beauté nouvelle ;

Mais je ne ſçai s'il durera.

C'eſt cela même dit le Cardinal ; mais puiſqu'il eſt queſtion de Goût, défiez-vous un peu des rimes redoublées ; elles ont l'air de la facilité, elles ſoûtiennent l'harmo-

tous les Grecs qui cultivoient les Arts, ſe refugiérent en Italie. Ils y furent principalement accueillis par la Maiſon de Médicis, à qui l'Italie doit ſa politeſſe & ſa gloire.

l'harmonie, elles charment l'oreille ; mais il faut qu'elles difent quelque chofe à l'ef-prit, fans quoi ce n'eft plus qu'un abus de la rime : c'eft un arbre couvert de feüilles qui n'auroit point de fruits. L'ai-mable (4) Chapelle eft tombé lui-même quel-

(4) Dans le petit Recueil des Poëfies de Chapelle, on n'a imprimé que trop de Vers, qui ne font que de mauvai-fe Profe rimée, témoins ceux-ci :

> Mais comme il ne fait rien qui vaille,
> Et qu'il pleut ici tous les jours,
> Nous ne voyons Perdrix, ni Caille,
> Et ne pouvons avoir recours,
> Pour notre ordinaire mangeaille,
> Qu'aux Pigeons, & qu'à la Volaille
> Que fourniffent nos Baffecours.

. . . .
. . . .

> Voyant cette étrange indigence
> De Cailles, Guignards & Perdrix,
> Vous veut donner en récompenfe
> Un Pâté bon par excellence,
> Fait de deux Lapins tous deux pris
> Dans le meilleur endroit de France.
> Goûtez-le bien, & je vous dis
> Qu'il eft pâté de conféquence ;
> Qui bien que bis en aparence,
> N'en vaut affurément pas pis.
> C'eft, cher Ami, qu'en confcience,
> Nos Chartrains emportent le prix
> A fçavoir patiffer en bis.

Il eft peut-être permis d'écrire de telles platitudes à fon Ami. Il ne faut blâmer que ceux qui les impriment, & encore plus ceux qui les admirent.

quelque-fois dans ce défaut, & plusieurs de ses petites piéces, n'ont d'autre mérite que celui de beaucoup de familiarité, & du retour des mêmes sons.

> Réglez bien votre passion
> Pour ces sillabes enfilées,
> Qui chez Richelet étalées,
> Et des esprits sages siflées,
> Bien souvent sans invention,
> Disent, avec profusion,
> Des riens en rimes redoublées.

Je convins que S. E. avoit raison, & je n'en eûs que plus de joie d'avoir l'honneur de la suivre.

> Aimable Abbé, vous fûtes du voyage,
> Vous que le Goût ne cesse d'inspirer,
> Vous, dont l'esprit si délicat, si sage,
> Vous dont l'exemple a daigné me montrer
> Par quels chemins on doit, sans s'égarer,
> Chercher ce Goût, ce Dieu, que dans cet âge,
> Nos beaux esprits s'efforcent d'ignorer.

Nous rencontrâmes sur le chemin,
Baldus,

Baldus, Sciopius, Euſtachius, Lexico-
craſſus, Scriblerius, une nuée de Com-
mentateurs qui reſtituoient des paſſages,
& qui compiloient de gros volumes à
propos d'un mot qu'ils n'entendoient pas.

Là, j'aperçûs les Daciers, (5) les Saumaiſes,

Gens hériſſés de ſçavantes fadaiſes,

Le teint jauni, les yeux rouges & ſecs,

Le dos courbé ſous un tas d'Auteurs Grecs,

Tous noircis d'encre & coëffés de pouſſiére.

Je leur criai de loin par la portiére :

N'allez-

___

(5) Saumaiſe eſt un Pédant reconnu pour tel, & que
perſonne ne lit. Pour Dacier, il n'étoit pas ſans mérite.
Il avoit une littérature fort grande ; mais il connoiſſoit
tout dans les Anciens, hors la grace & la fineſſe. Ses
Commentaires ont par tout de l'érudition, & jamais de
goût. Il traduit groſſiérement les délicateſſes d'Horace.
Si Horace dit à ſa Maîtreſſe : *Miſeri quibus intentata
nites*, Dacier dit : *Malheureux ceux qui ſe laiſſent attirer
par cette bonace, ſans vous connoître.* Il traduit, *nunc eſt
bibendum, nunc pede libero pulſanda tellus. C'eſt main-
tenant qu'il faut boire, & que ſans rien craindre, il
faut danſer de toute ſa force. Mox juniores quærit adul-
teros. Elles ne ſont pas plûtôt mariées, qu'elles cherchent
de nouveaux galans.* Mais quoi qu'il défigure Horace,
& que ſes Notes ſoient d'un Sçavant ſans eſprit, ſon
Livre eſt plein de recherches utiles, & il faut loüer ſon
travail en voyant ſon peu de génie.

> N'allez-vous pas dans le Temple du Goût
> Vous décraffer ? Nous, Meffieurs, Point du tout.
> Ce n'eft pas là, grace au Ciel, notre étude ;
> Le Goût n'eft rien..... Nous avons l'habitude
> De rédiger au long de point en point
> Ce qu'on penfa ; mais nous ne penfons point.

Après cet aveu ingénu, ces Meffieurs entourérent le Caroffe & voulurent abfolument nous faire lire certains paffages de Dictys, de Crete, & de Metrodore de Lampfaque, que Gronovius avoit eftropiés à ce qu'ils difoient. Nous les remerciâmes de leur courtoifie, & nous continuâmes notre chemin. Nous n'eûmes pas fait cent pas, que nous trouvâmes un homme entouré de Peintres, d'Architectes, de Sculpteurs, de Doreurs, de faux Connoiffeurs, de Flâteurs ; ils tournoient le dos au Temple du Goût.

> D'un air content l'orgueil fe repofoit,
> Se pavanoit fur fon large vifage,
> Et mon Créfus tout en ronflant difoit :
> J'ai beaucoup d'Or, de l'Efprit davantage,
> Du Goût, Meffieurs, j'en fuis pourvû fur tout,
> Je n'apris rien, je me connois à tout ;

Je suis un Aigle en conseil, en affaires :
Malgré les Vents, les Rocs & les Corsaires,
J'ai dans le Port fait aborder ma Nef ;
Partant il faut qu'on me bâtisse en bref
Un beau Palais fait pour moi, c'est tout dire,
Où tous les Arts soient en foule entassés,
Où tout le jour je prétends qu'on m'admire :
L'argent est prêt. Faquins, obéissez.
Il dit & dort. Aussi-tôt la Canaille
Autour de lui s'évertüe & travaille ;
Certain Maçon, en Vitruve érigé,
Lui trace un Plan d'ornemens surchargé ;
Nul Vestibule, encor moins de Façade :
Mais vous aurez une longue enfilade,
Vos murs seront de deux doigts d'épaisseur,
Grands Cabinets, Salon sans profondeur,
Petits Tremeaux, Fenêtres à ma guise,
Que l'on prendra pour des Portes d'Eglise,
Le tout boisé, verni, sculpté, doré,
Et des Badauts à coup sûr admiré.

    Réveillez-vous, Monseigneur, je vous prie,
Crioit un Peintre ; admirez l'industrie
De mes talens ; Raphaël n'eût jamais
Entendu l'Art d'embellir un Palais ;
C'est moi qui sçais annoblir la Nature,

Je

Je couvrirai Plat-fonds, Voute, Vouſſure,
Par cent magots travaillés avec ſoin,
D'un pouce ou deux, pour être vûs de loin.

Créſus s'éveille, il regarde, il rédige,
A gauche, à droit, regle, aprouve, corrige ;
A ſes côtés, un petit Curieux,
Lorgnette en main, diſoit tournez les yeux,
Voyez ceci, c'eſt pour votre Chapelle ;
Sur ma parole, achetez ce Tableau,

C'eſt Dieu le Pere en ſa gloire éternelle,
Peint galamment dans le goût du (6) Vatau.

Et, cependant, un fripon de Libraire,
Des beaux eſprits écumeur mercenaire,
Vendeur adroit de ſottiſe & de vent,
En ſoûtiant d'une mine matoiſe
Lui meſuroit des Livres à la toiſe ;

Car, Monſeigneur, eſt ſur tout fort ſçavant.

Je crûs en être quitte pour ce petit
retardement, & que nous allions arriver
au

____

(6) Vatau eſt un Peintre Flamand, qui a travaillé à Paris, où il eſt mort il y a quelques années. Il a réüſſi dans les petites Figures qu'il a deſſinées avec grace & legéreté, & qu'il a très-bien groupées : mais il n'a jamais rien fait de grand & il en étoit incapable.

au Temple, fans autre mauvaife fortune : mais la route eft plus dangereufe que je ne penfois. Nous trouvâmes bien-tôt une nouvelle embufcade.

> Tel un Dévot infatigable
>
> Dans l'étroit chemin du Salut,
>
> Eft cent fois tenté per le Diable
>
> Avant d'arriver à fon but.

C'étoit un Concert que l'on donnoit dans une maifon de campagne bizarrement fituée & bâtie de même. Le Maître de la maifon voyant de loin le Caroffe du Cardinal, & fçachant que S. E. venoit d'Italie, vint le prier du Concert. Il lui dit en peu de mots beaucoup de mal de Lully, de Deftouches & de Campra, & l'affura qu'à fon Concert il n'y auroit point de Mufique Françaife ; le Cardinal lui remontra en vain que la Mufique Italienne, la Françaife & la Latine étoient fort bonnes chacune dans leur genre ; qu'il n'y a rien de fi ridicule que de l'Italien chanté à la Françaife, fi ce n'eft peut-être le Français chanté à l'Italienne ; car, lui dit-il, avec ce ton de voix aimable fait pour orner la raifon ;

La

La Nature féconde, ingénieufe & fage,
Par fes dons partagés ornant cet Univers,
Parle à tous les humains; mais fur des tons divers :
Ainfi que fon efprit, tout Peuple a fon langage;
Ses fons & fes accents à fa voix ajuftés,
Des mains de la Nature exactement notés :
L'oreille heureufe & fine en fent la différence;
Sur le ton des Français il faut chanter en France :
Au Loix de notre Goût Lully fçut fe ranger ;
Il embellit notre Art au lieu de le changer.

A ces paroles judicieufes, mon homme répondit en fecoüant la tête : venez, venez, dit-il, on va vous donner du neuf. Il fallut entrer, & voilà fon Concert qui commence.

Du grand Lully, vingt Rivaux fanatiques,
Plus ennemis de l'Art & du bon fens,
Défiguroient fur des tons glapiffans,
Des Vers Français en frédons italiques :
Une bégueule en lorgnant fe pâmoit ;
Et certain fat, yvre de fa parure,
En fe mirant chevrotoit, fredonnoit,
Et de l'index battant faux la mefure,
Crioit *bravo*, lorque l'on détonnoit.

Nous

Nous sortîmes au plus vîte de ce Sabat. Ce ne fut qu'au travers de bien des avantures pareilles que nous arrivâmes enfin au Temple du Goût.

> Cet Edifice précieux
>
> N'est point chargé des anticailles
>
> Que nos très-gotiques Ayeux
>
> Si lourdement industrieux,
>
> Entassoient autour des murailles
>
> (7) De leurs Temples grossiers comme eux.
>
> Il n'a rien des défauts pompeux
>
> (8) De la Chapelle de Versaille,
>
> Ce colifichet fastueux,
>
> Qui du Peuple éblouit les yeux,
>
> Et dont le connoisseur se raille.

Il est plus aisé de dire ce que ce Temple n'est pas, que de dire ce qu'il est. Je n'ose en faire une longue description & épuiser les

______

(7) Le Portail de Notre-Dame est chargé de plus d'ornemens qu'on n'en voit dans tous les Bâtimens de Michel-Ange, de Palladio, & du vieux Mansart.

(8) La Chapelle de Versailles n'est dans aucune proportion; elle est longue & étroite à un excès ridicule.

les termes d'Architecture ; car c'eſt ſur tout en parlant du Temple du Goût, qu'il ne faut pas ennuyer.

> Dieu nous garde du verbiage
>
> (9) De Monſieur de Félibien,
>
> Qui noye éloquemment un rien
>
> Dans un fatras de beau langage.

Il vaut mieux éviter le détail qui ſeroit ici très-hors d'œuvre. Je me bornerai donc à dire :

> Simple en étoit la noble Architecture ;
>
> Chaque ornement à ſa place arrêté,
>
> Y ſembloit mis par la néceſſité:
>
> L'Art s'y cachoit ſous l'air de la Nature,
>
> L'œil ſatisfait, embraſſoit ſa ſtructure,
>
> (10) Jamais ſurpris, & toujours enchanté.

Le

---

(9) Felibien a fait ſur la Peinture cinq Volumes, où on trouve moins de choſes que dans le ſeul Volume de Piles.

(10) Quand on entre dans un Edifice bâti ſelon les véritables régles de l'Architecture, toutes les proportions étant obſervées, rien ne paroit ni trop grand ni trop petit, & le tout ſemble s'agrandir inſenſiblement à meſure qu'on le conſidére ; il arrive tout le contraire dans les Bâtimens gotiques.

Le Temple étoit environné d'une foule de Virtuofes, d'Artiftes & de Juges de toute efpece qui s'efforçoient d'entrer, mais qui n'entroient point ;

Car la Critique, à l'œil févére & jufte,

Gardant les Clefs de cette Porte Augufte,

D'un bras d'airain, fiérement repouffoit

Le Peuple Got qui fans ceffe avançoit.

Là, ne font point reçûs les petits Maîtres qui affiftent à un fpectacle fans l'entendre, ou qui n'écoutent les meilleures chofes que pour en faire de froides railleries. Bien des gens qui ont brillé dans de petites focietés, qui ont régné chez certaines Femmes, & qui fe font fait apeller grands Hommes, font tous furpris d'être refufés : ils reftent à la porte, & adreffent en vain leurs plaintes à quelques Seigneurs, ou foit difant tels, ennemis jurés du vrai mérite qui les négligent, & protecteurs ardents des efprits médiocres, dont ils font encenfés.

Ce font les Cabales mutines

De ces prétendus beaux efprits

Qu'on vit foûtenir dans Paris ,

Les Pradons (11) & les Scuderis ,

Contre les immortels Ecrits

Des Corneilles & des Racines.

On repouffe auffi très-rudement tous ces petits Satyriques obfcurs, qui dans la démangeaifon de fe faire connoître, infultent les Auteurs connus, qui font fecrétement une mauvaife critique d'un bon Ouvrage, petits infectes dont on ne foupçonne l'exiftence , que par les efforts qu'ils font pour piquer. Heureux encore les véritables Gens de Lettres, s'ils n'avoient pour ennemis que cette engeance! Mais , à la honte de la Littérature & de l'humanité , il y a des gens qui s'animent

----

(11) Scuderi étoit, comme de raifon, ennemi déclaré de Corneille. Il avoit une Cabale qui le mettoit fort audeffus de ce Pere du Theâtre. Il y a encore un mauvais ouvrage de Sarrazin fait pour prouver que je ne fçai quelle Piece de Scuderi nommée l'*Amour tirannique*, étoit le chef-d'œuvre de la Scéne Françaife. Scuderi fe vantoit qu'il y avoit eu quatre Portiers de tués à une de fes Pieces, & il difoit qu'il ne céderoit à Corneille, qu'en cas qu'on eût tué cinq Portiers au Cid , ou aux Horaces.

A l'égard de Pradon , on fçait que fa Phedre fut d'abord beaucoup mieux reçûë que celle de Racine, & qu'il fallut du tems pour faire céder la cabale au mérite.

C

ment d'unè vraie fureur contre tout mérite qui réuffit, qui s'acharnent à le dé-
crier & à le perdre, qui vont dans les
lieux publics, dans les Maifons des Particuliers, dans les Palais des Princes, fe-
mer les rumeurs les plus fauffes, avec
l'air de la vérité, Calomniateurs de pro-
feffion, Monftres ennemis des Arts &
de la fociété.

L'Orgueil les engendra dans les flancs de l'Envie,
L'Intérêt, le Soupçon, l'infâme Calomnie,
Et fouvent les Dévots, * monftres plus dangereux,
Entrouvrent en fecret, d'un air miftérieux,
Les Portes des Palais à leur Cabale impie.
C'eft là, que d'un Midas ils fafcinent les yeux,
Un fat leur aplaudit, un méchant les apuye,
Et le mérite en pleurs, perfécuté par eux,
Renonce en foûpirant aux beaux Arts qu'on décrie.

Ces lâches perfécuteurs s'enfuirent en
voyant paroître le Cardinal de Polignac
& l'Abbé de Rothelin : Ils n'ont jamais
pû avoir accès auprès de ces deux Hom-
mès ; ils ont pour eux cette haine timide
que les cœurs corrompus ont pour les
cœurs droits, & pour les efprits juftes.
　　　　　　　　　　　　　　　　Leur

* Faux Devots.

Leur fuite précipitée fit place à un Spectacle plus plaisant. C'étoit une foule d'Ecrivains de tout rang, de tout état & de tout âge, qui gratoient à la porte, & qui prioient la Critique de les laisser entrer : L'un aportoit un Roman nouveau, l'autre une Harangue à l'Académie, celui-ci venoit de compofer une Comédie Métaphifique, celui-là tenoit un petit Recuëil de fes Poëfies imprimé depuis long-tems *incognito*, avec une longue (12) Aprobation & un Privilege, cet autre venoit préfenter un Mandement en ftile précieux, & étoit tout furpris qu'on fe mît à rire au lieu de lui demander fa bénédiction. Je fuis le Révérend Pere…. crioit l'un : faites un peu place à Monfeigneur…. difoit l'autre.

Parmi les Flots de la foule infenfée,

De ce Parvis obftinément chaffée,

Tout doucement, venoit La Motte Houdart,
Lequel

----

(12) La plûpart des mauvais Livres font imprimés avec des Aprobations pleines d'éloges. Les Cenfeurs des Livres manquent en cela de refpect au Public. Leur devoir n'eft pas de dire fi un Livre eft bon, mais s'il n'y a rien contre l'Etat.

Lequel difoit, d'un ton de Papelard :

Ouvrez , Meffieurs , c'eft mon (13) Oedipe en
　　　profe ,

Mes vers font durs, d'accord , *mais forts* de chofe,

De grace ouvrez , je veux a Defpreaux

Contre les Vers , dire , avec goût , deux mots.

La Critique le reconnut à la douceur de fon maintien & à la dureté de fon ftile, & elle le laiffa quelque tems entre Perault & Chapelain qui affiégeoient la Porte depuis cinquante ans.

Rouffeau parut en revenant d'Allemagne. Il avoit été autrefois dans le Temple ; mais quand il y voulut rentrer,

Il eut beau triftement redire

Ses Vers durement façonnés ,

Hériffés de traits de Satire ,

On lui ferma la porte au nez.

Il

______

(13) Houdard de la Motte fit en 1728. un Oedipe en Profe, & un Oedipe en Vers. A l'égard de l'Oedipe en Profe, perfonne, que je fçache, n'a pû le lire. Son Oedipe en Vers fut joüé trois fois. Il eft imprimé avec les autres Oeuvres Dramatiques, & l'Auteur a eu foin de mettre dans un Avertiffement, que cette Piece a été *interrompuë au milieu de fon fuccès.*

Il fut fort étonné de ce procédé, & jura de s'en venger par quelque nouvelle Allégorie contre le genre humain qu'il hait par represailles. Il s'écrioit en rougissant,

Adouciffez cette rigueur extrême,

Je viens chercher Marot mon Compagnon.

J'eus, comme lui, quelque peu de guignon.

Le Dieu qui rime est le seul Dieu qui m'aime.

Connoiffez-moi, je suis toujours le même.

Voici des Vers contre l'Abbé Bignon ; (14)

J'ai tout frondé Vienne, Paris, Versailles ;

J'ai retracté l'Eloge de Noailles. (15)

Du

---

(14) Il faut aprendre au Lecteur qu'il y a dans les Oeuvres de Rouffeau une mauvaise Epigramme contre M. l'Abbé Bignon qui est regardé dans l'Europe depuis 40 ans, comme le Protecteur le plus zélé des Lettres. Rouffeau a tâché dans cette Epigramme de tourner en ridicule une vertu si respectable, & voici comme il définit ce sage Prélat Bibliothecaire du Roi.

C'est celui qui, sous Apollon,
Prend soin des Haras du Parnaffe,
Et qui fait provigner la race
Des Bidets du sacré Vallon.

(15) Il avoit fait autrefois des Vers pour M. le Duc de Noailles, où il avoit dit :

Oh qu'il chansonne bien !
Seroit-ce point Apollon Delphien ?
Venez, voyez, tant a beau le corsage.

Mais dans le même tems ayant écrit une Lettre contre
M. le

Du Dieu Pluton lifez le Jugement (16)

Où j'ai fanglé Meffieurs du Parlement.

O : vous, Critique, ô vous Déeffe utile !

C'étoit par vous que j'étois infpiré,

En tout païs , en tout tems abhorré ,

Je n'ai que vous déformais pour azile.

La Critique entendit ces paroles, r'ou-
vrit la Porte, & parla ainfi :

Rouffeau, connois mieux la Critique,

Je fuis jufte & ne fus jamais

Semblable

M. le Duc de Noailles qui fongeoit à lui faire avoir
un Emploi, ce Seigneur lui retira fa protection. Rouffeau
étant banni de France , fit depuis une Piece qu'il inti-
tula *la Palinodie* , Ouvrage généralement méprifé.

(16) Le Jugement de Pluton , Allegorie de Rouffeau,
dans laquelle il fe répand en invectives contre le Parlement qui ne l'avoit pourtant condamné qu'au banniffe-
ment. Cette Piece eft d'un ftile dur & rebutant. Il y a encore, je ne fçai quelle Epigramme de lui fur cet augufte
Corps.

> *Si de Noé, l'un des Enfans maudit,*
> *De fon Seigneur perdit la fauve-garde ,*
> *Ce ne fut point pour avoir , comme on dit ,*
> *Surpris fon pere en pofture gaillarde :*
> *Mais c'eft qu'ayant fait cacher fa Guimbarde*
> *Au fond de l'Arche , en guife de relais ,*
> *Il en tira cette efpece bâtarde ,*
> *Qu'on nomme Gens de Robe & de Palais.*

Semblable à ce Monstre caustique

Qui t'arma de ces lâches traits

Trempez au poison satirique,

Dont tu t'enyvres à longs traits.

Autrefois, de ta félonie,

Thémis te donna le Guerdon,

Par Arrêt ta Muse est banie (17)

Pour certains Couplets de Chanson,

Et pour un fort mauvais Facton,

Que te dicta la Calomnie ;

Mais par l'équitable Apollon

Ta rage fut bien mieux punie,

Il t'ôta le peu de génie

Dont tu dis qu'il t'avoit fait don ;

Il te priva de l'harmonie,

Et tu n'as plus rien aujourd'hui,

Que la fureur & la manie

De rimer encor malgré lui

Des

(17) Rousseau fut condamné à l'amende honorable & au bannissement perpétuel pour des Couplets infâmes qu'il avoit faits contre tous ses Amis, & dont il accusa le sieur Saurin de l'Académie des Sciences, d'être l'Auteur. Les Curieux ont conservé les Pieces de ce Procès, le Factum de Rousseau passe pour être extrêmement mal écrit, celui de M. Saurin est un chef-d'œuvre d'art & d'éloquence.

On culti-
ve les
Lettres en
Allema-
gne ; mais
ce n'est pas
là qu'il
faut faire
des Vers
Français.

Des Vers Tudesques qu'il renie. (18)

O vous, Messieurs les beaux Esprits,

Si vous voulez être chéris

Du Dieu de la double Montagne,

Et que dans vos galans Ecrits,

Le Dieu du Goût vous accompagne ;

Faites tous vos Vers à Paris,

Et n'allez point en Allemagne.

Rousseau se fâcha d'autant plus que cette Déesse avoit raison, elle lui disoit des vérités, il répondit par des injures : Il lui cria :

(19) » Ah ! je connois votre cœur équivoque,
   » Respect le cabre, Amour ne l'adoucit,
   » Et ressemblez à l'œuf cuit dans sa coque,
   » Plus on l'échauffe & plus il se durcit.

Il

---

(18) Les derniers Ouvrages de Rousseau ont été très-mal reçûs. Le Public trouve qu'il est tombé dans tous les défauts qu'il reprochoit à la Motte, & qu'il ne l'a pas égalé dans le bon sens & dans la morale. Aussi toutes ses dernieres Odes ne sont point lûës : ses nouvelles Allegories roulent toutes sur la même fiction, sur la comparaison usée de l'ancien tems & du tems present. Ses premiers Ouvrages sont mieux écrits ; & s'ils n'ont jamais le mérite de l'invention, ils ont souvent celui de l'expression & de la rime. Il étoit dans sa jeunesse très-propre à traiter de petits sujets.

(19) C'est une des Epigrammes de Rousseau.

Il vomit plusieurs de ses nouvelles E-pigrammes qui sont toutes dans ce goût. (20) La Motte les entendit, il en rit; mais point trop fort & avec discrétion. Rousseau furieux lui reprocha à son tour tous les mauvais Vers que cet Académicien avoit faits en sa vie, & cette dispute auroit duré long-tems en-tr'eux, si la Critique ne leur avoit im-posé silence, & ne leur avoit dit:

Ecoutez, vous La Motte, brûlez vo-tre Iliade, vos Tragédies, toutes vos dernieres Odes, les trois quarts de vos

Fables

---

(20) La Motte n'a fait contre Rousseau qu'une Ode qui est fort belle, & où il régne un air de probité char-mant. Elle commence:

> *On ne se choisit point son pere.*
> *Par un reproche populaire,*
> *Le Sage n'est point abattu;*
> *Oui, quoique le Vulgaire pense,*
> *Rousseau, la plus vile naissance,*
> *Donne du lustre à la vertu.*

Il exhorte Rousseau dans le reste de cette Ode, à tâcher de devenir honnête homme.

> *Rousseau, sois fidéle, sincére,*
> *Pour toi seul Critique sévére,*
> *Ami zélé des bons Ecrits.*

Quand on dit ici que la Motte rit, mais point trop fort, & avec discrétion, on fait allusion au caractére de cet Au-teur qui par ses mœurs douces & modérées se faisoit aimer autant que Rousseau son rival se faisoit géné-ralement haïr.

D

Fables & de vos Opéras , prenez à la main vos premieres Odes , quelques morceaux de Profe dans lefquels vous avez prefque toûjours raifon , hors quand vous parlez de vous & de vos Vers. Je vous demande fur tout une demi - douzaine de vos Fables (21) & l'Europe Galante : avec cela entrez hardiment.

Vous , Roufseau , brûlez vos (22) Opéras , vos Comédies , (23) vos dernieres Allégories , Odes , Epigrammes Germaniques , Ballades , Sonnets ; jurez de ne plus écrire , & venez vous mettre au-defsus

. (21) Quoiqu'en général les Fables de **M.** de la Motte ne foient pas d'un ftile agréable , il y en a quelques-unes qui ont plû beaucoup. Il y a des Prologues très-bien faits, celui ci , par exemple ,

Nous devons tous mourir , je le ffavois fans vous ,
Vous n'aprenez rien à perfonne.
Je veux un Vrai plus fin , reconnoiffable à tous ,
Et qui cependant nous étonne.
De ce Vrai dont tous les efprits
Ont en eux-mêmes la femence ,
Qu'on ne cultive point , & que l'on eft furpris
De trouver vrai quand on y penfe.

(22) Les Opera de Roufseau font afsez inconnus : il y en a un nommé *Adonis* : on ne fçait guéres qui font les autres.

(23) Ces Comédies font *le Caffé , la Ceinture Magique , le Capricieux.* Elles furent toutes fifflées : *le Flateur* eut quelques repréfentations : c'eft une copie froide du Tartuffe : les Connoifseurs trouvént qu'elle eft bien écrite en quelques endroits.

sus de La Motte en qualité de Vérsificateur ; mais toutes les fois qu'il s'agira d'Esprit & de Raisonnement vous vous placerez fort au-dessous de lui. La Motte fit la révérence, Rousseau tourna la bouche, & tous deux entrérent à ces conditions.

Ces deux hommes si différens n'avoient pas fait quatre pas, que l'un pâlit de colére, & l'autre tressaillit de joie à l'aspect d'un homme qui étoit depuis long-tems dans ce Temple.

C'étoit le sage Fontenelle

Qui, par les beaux Arts entouré,

Répandoit sur eux à son gré

Une clarté pure & nouvelle:

D'une Planette, à tire d'aîle,

En ce moment il revenoit

Dans ces lieux où le Goût tenoit

Le Siége heureux de son Empire,

Avec Quinaut il badinoit,

Avec Mairan il raisonnoit,

D'une main legére il prenoit

Le Compas, la Plume & la Lyre.

Eh quoi ! cria Rousseau, je verrai ici cet homme contre qui j'ai fait tant d'E-

            pigram-

pigrammes ! (24) Quoi ! le Bon Goût souffrira dans son Temple l'Auteur des Lettres du Chevalier d'Her, d'une Passion d'Automne, d'un Clair de Lune, d'un Ruisseau amant de la Prairie, de la Tragédie d'Aspar, d'Endimion, * &c ? Eh non ! dit la Critique, ce n'est pas l'Auteur de tout cela que tu vois, c'est celui des Mondes, livre qui auroit dû t'instruire, de Thétis & de Pelée Opéra qui excita inutilement ton envie, de l'Histoire de l'Académie des Sciences, que tu n'es pas à portée d'entendre.

Rousseau vouloit repliquer. Fontenelle le regarda avec cette compassion Filosophique, qu'un esprit éclairé & étendu ne peut s'empêcher d'avoir pour un homme qui ne fait que rimer, & il alla reprendre paisiblement sa place entre Lucrece & Leibnitz. (25) Je demandai pourquoi Leibnitz

_____

(24) Il y a une de ces Epigrammes qui finit ainsi :
En vérité, Cailletes ont raison,
C'est le Pédant le plus joli du monde.
Il y en a quelques autres qui ne sont guère meilleures :
Jamais M. de Fontenelle n'y a voulu répondre.
* Pieces faites dans sa jeunesse.
(25) Leibnitz, né à Leipsik le 23. Juin 1646. mort à
Hanovre

Leibnitz étoit là ? On me répondit que c'étoit pour avoir fait d'assez bons Vers latins , quoiqu'il fût Métaphisicien & Géometre , & que la Critique le souffroit en cette place pour tâcher d'adoucir, par cet exemple, l'esprit dur de la plûpart de ses Confreres.

A l'égard de Lucrece, il fut embarrassé en voyant son Ennemi ; il le regarda d'un œil un peu fâché, sur tout quand il vit combien il est aimable, & comme il paroit fait pour avoir raison.

> Son rival charmant lui parla
>
> Avec sa grace naturelle ,
>
> Et cependant il y mêla
>
> Un peu de catholique zele.
>
> Çà , dit-il , puisque vous voilà ,
>
> L'Ame

Hanovre le 14. Novembre 1716. Nul Homme de Lettres n'a fait tant d'honneur à l'Allemagne : il étoit plus universel que M. Newton , quoiqu'il n'ait peut-être pas été si grand Mathématicien : il joignoit à une profonde étude de toutes les parties de la Phisique , un grand goût pour les Belles-Lettres : il faisoit même des Vers françois : il a paru s'égarer en Métaphisique , mais il a cela de commun avec tous ceux qui ont voulu faire des systêmes ; au reste il dût sa fortune à sa réputation. Il jouissoit de grosses pensions de l'Empereur d'Allemagne, de celui de Moscovie , du Roi d'Angleterre, & de plusieurs autres Souverains.

L'Ame a bien l'air d'être immortelle :

Que répondez-vous à cela ?

Ah ! laiſſons ces diſputes là,

Dit le vieux Chantre d'Epicure,

J'ai fort mal connu la Nature,

Mais ne me pouſſez point à bout,

Que votre Muſe me pardonne,

Vous êtes chez le Dieu du Goût,

Non ſur les Bancs de la Sorbonne.

Ces Meſſieurs n'argumentérent donc point, & épargnérent une diſpute aux Gens de goût qui n'aiment pas volontiers l'Argument.

Lucrece récita ſeulement quelques-uns de ſes beaux Vers qui ne prouvent rien ; le Cardinal dit auſſi des ſiens, ce qui lui arrive trop rarement à Paris : on leur aplaudit également à tous deux. De raporter ce qui fut dit à cette occaſion par les Grecs & les Latins qui étoient là, & qui les entendoient, cela ſeroit beaucoup trop long , il n'eſt ici queſtion que des Français.

Cependant le Cardinal & l'Abbé étoient arrivés à l'Autel du Dieu, & je m'y gliſſai ſous leur protection.

Je

Je vis ce Dieu tout à mon aise,

Je vis ses naïves beautés,

Ses élégantes propretés,

Ses Atours n'ont rien qui ne plaise;

Mais s'il est mis à la Française,

Si par nos mains il est orné,

Ce Dieu toujours est couronné

D'un Diadême qu'au Parnasse

Composa jadis Apollon,

Du Laurier du Divin Maron,

Du Lierre & du Myrthe d'Horace,

Et des Roses d'Anacréon.

Sur son front regne la Sagesse,

Le Sentiment & la Finesse

Brillent tendrement dans ses yeux,

Son air est vif, ingénieux;

Il vous ressemble enfin, Silvie,

A vous que je ne nomme pas,

De peur des cris & des éclats

De cent beautés que vos apas

Font dessécher de jalousie.

Non loin de lui (26) Rollin dictoit

Quelques

(26) Charles Rollin, ancien Recteur de l'Université, & Professeur Royal, est le premier homme de l'Université qui ait écrit purement en Français pour l'instruction de

là

Quelques leçons à la Jeuneſſe,

Et quoiqu'en robe, on l'écoutoit,

Choſe aſſez rare à ſon eſpece.

Mais malgré l'auſtére Sageſſe

De la Morale qu'il prêchoit,

Peliſſier en ces lieux chantoit,

Et cependant, avec moleſſe,

Sallé le Temple parcouroit

D'un pas guidé par la juſteſſe.

Près de là, dans un Cabinet

Que Girardon & le Puget (17)

Embel-

la Jeuneſſe, & qui ait recommandé l'étude de notre Lan-
gue, ſi néceſſaire, & cependant ſi négligée dans les Ecoles.
Son Livre du Traité des Etudes reſpire le bon goût & la
ſaine littérature preſque par tout. On lui reproche ſeulement de deſcendre dans des minuties. Il ne s'eſt guére
éloigné du bon goût que quand il a voulu plaiſanter. Tome 3. page 305. en parlant de Cyrus. *Auſſi-tôt*, dit il, *on
équipe le petit Cyrus en Echanſon, il s'avance gravement la
ſerviette ſur l'épaule, & tenant la coupe délicatement entre
trois doits : J'ai apréhendé, dit le petit Cyrus, que cette li-
queur ne fût du poiſon. Du poiſon ! Comment cela ? Oui, mon
Papa.* En un autre endroit, en parlant des jeux qu'on peut
permettre aux Enfans. *Une balle, un balon, un ſabot, ſont
fort de leur goût. . . . Depuis le toit juſqu'à la cave, tout parloit Latin chez Robert Etienne.* Il ſeroit à ſouhaitter qu'on
corrigeât ces mauvaiſes plaiſanteries dans la premiere
Edition qu'on fera de ce Livre ſi eſtimable d'ailleurs.

(17) Girardon mettoit dans ſes Statuës plus de grace, &
Puget plus d'expreſſion. Les Bains d'Apollon ſont de Girardon ;

Embélissoient de leur Sculpture
(28) Le Poussin sagement peignoit,
(29) Le Brun fiérement dessinoit,
(30) Le Sueur entr'eux se plaçoit.

On

don ; mais il n'a pas fait les Chevaux, ils sont de Marsy, Sculpteur digne d'avoir mêlé ses travaux avec Girardon. Le Milon & le Gladiateur sont du Puget.

(28) Le Poussin, né aux Andelis en 1594. n'eut de Maître que son génie, & quelques Estampes de Raphaël qui lui tombérent entre les mains. Le desir de consulter la belle Nature dans les Antiques, le fit aller à Rome malgré les obstacles qu'une extrême pauvreté mettoit à ce voyage. Il y fit beaucoup de chef-d'œuvres qu'il ne vendoit que sept écus piece. Apellé en France par le Secretaire d'Etat Desnoyers, il y établit le bon Goût de la Peinture , mais persécuté par ses envieux il s'en retourna à Rome où il mourut avec une grande réputation , & sans fortune. Il a sacrifié le coloris à toutes les autres parties de la Peinture. Ses Sacremens sont trop gris, cependant il y a dans le Cabinet de M. le Duc d'Orleans un Ravissement de S. Paul du Poussin qui fait pendant avec la Vision d'Ezechiel de Raphaël, & qui est d'un coloris assez fort. Ce Tableau n'est point du tout déparé par celui de Raphaël, & on les voit tous deux avec un égal plaisir.

(29) Le Brun, Disciple de Voüet, n'a péché que dans le coloris. Son Tableau de la famille d'Alexandre est beaucoup mieux coloré que ses Batailles. Ce Peintre n'a pas un si grand Goût de l'Antique que le Poussin & que Raphaël, mais il a autant d'invention que Raphaël, & plus de vivacité que le Poussin. Les Estampes des batailles d'Alexandre sont plus recherchées que celles des batailles de Constantin par Raphaël & par Jules-Romain.

(30) Eustache le Sueur, étoit un excellent Peintre. Quoiqu'il n'eût point été en Italie, tout ce qu'il a fait étoit dans le grand Goût, mais il manquoit encore de beau coloris.
Ces trois Peintres sont à la tête de l'Ecole Françaife.

E

On l'y regardoit sans murmure,

Et le Dieu qui de l'œil suivoit

Les traits de leur main libre & sûre,

En les admirant se plaignoit

De voir qu'à leur docte peinture,

Malgré leurs efforts, il manquoit

Le coloris de la Nature :

Sous ses yeux des Amours badins

Ranimoient ces Touches sçavantes,

Avec un Pinceau que leurs mains

Trempoient dans les couleurs brillantes

De la Palette des Rubens. (31)

    C'est ce Dieu qu'implore & révére

Toute la Troupe des Acteurs

Qui representent sur la Terre,

Et ceux qui viennent dans la Chaire

Endormir leurs *chers Auditeurs*,

Et ceux qui livrent les Auteurs

Au Siflets bruyants du Parterre.

C'est là que je vous vis, aimable le Couvreur,

Vous, fille de l'Amour, fille de Melpoméne,

Vous

___

(31) Rubens égale le Titien pour le coloris , mais il est
fort au-dessous de nos Peintres Français pour la correction
du dessein.

Vous, dont le souvenir regne encore fur la Scene,

Et dans tous les efprits, & fur tout dans mon cœur.

Ah ! qu'en vous revoyant, une volupté pure,

Un bonheur fans mélange enyvra tous mes fens !

Qu'à vos pieds en ces lieux je fis fumer d'encens !
Car il faut le redire à la Race future ,
Si les faintes rigueurs d'un (ʒ2) préjugé cruel
Vous ont pû dans Paris priver de Sépulture ,
Dans le Temple du Goût vous avez un Autel.

Mes deux Guides difoient qu'ils ne pouvoient en confcience donner à une Actrice le même encens que moi, mais ils avoient trop de goût & trop de juftice pour me defaprouver.

Je fus fort étonné de ne pas trouver dans le Sanctuaire bien des gens qui paffoient il y a foixante ou quatre-vingt ans pour être les plus chers favoris du Dieu du Goût, les Pavillons, les Benferades , les Peliffons, les Segrais, les Saint-Evre-
monts,

(ʒ2) Adrienne le Couvreur, la meilleure Actrice que le Théâtre Français ait jamais eu & aura peut être jamais , eft enterrée fur le bord de la Seine à la Grenoüillere, près d'un terrain apartenant à M. le Comte de Maurepas. On l'y porta à minuit dans un Fiacre avec une Efcoüade du Guet au lieu de Prêtres,

monts, les Balzacs, les Voitures ne me parurent pas occuper les premiers rangs : ils y étoient autrefois, me dit un de mes guides : ils brilloient avant que les beaux jours des Belles Lettres fuſſent arrivés ; mais peu à peu ils ont cédé la place aux véritablement Grands-Hommes : ils ne font plus ici qu'une aſſez médiocre figure : en effet, la plus part n'avoient guéres que l'Eſprit de leur tems, & non cet Eſprit qui paſſe à la derniere poſtérité.

> Déja de leurs foibles Ecrits,
>   Beaucoup de graces ſont ternies ;
> Ils ſont comptés encore au rang des beaux Eſprits,
>   Mais exclus du rang des Génies.

(33) Segrais reſte parmi ceux qui ont écrit

______

(33) Segrais eſt un Poëte très-foible. On ne lit point ſes Eglogues, quoique Boileau les ait vantées : ſon Eneide eſt écrite du ſtile de Chapelain : il y a un Opéra de lui, c'eſt Roland & Angelique, ſous le titre de *l'Amour guéri par le Tems.* On voit ces Vers dans le Prologue.

> *Pour couronner leur tête*
>   *En cette Fête,*
> *Allons dans nos Jardins,*
> *Avec les Lis de Charlemagne,*
> *Aſſembler les Jaſmins*
>   *Qui parfument l'Eſpagne.*

Sa Zaïde eſt un Roman purement écrit, & entre les mains de tout le monde.

écrit agréablement en Profe : il fut reçû à cauſe de Zaïde, mais ce ne fut qu'après avoir fait amande - honorable à Virgile, dont il a ſi foiblement imité les Eglogues, & ſi durement traduit l'Eneïde. On ne pardonne pas à Peliſſon d'avoir dit gravement tant de puérilités dans ſon Hiſtoire de l'Académie, & d'avoir raporté comme des bons mots, (34) des ſottiſes bien groſſiéres. Le doux, mais foible Pavillon fait ſa cour dans un coin à Madame des Houlieres. L'inégal (35) Saint-Evre-

---

(34) Voici ce que Peliſſon raporte comme des bons mots, ſur ce qu'on parloit de marier Voiture, fils d'un Marchand de Vin, à la fille d'un Pourvoyeur de chez le Roi.

O que ce beau couple d'Amans
Va goûter de contentemens !
Que leurs délices ſeront grandes !
Ils ſeront toujours en feſtin :
Car ſi la Prou fournit les viandes,
Voiture fournira le vin.

Il ajoûte que Madame Deſloges, joüant au jeu des Proverbes, dit à Voiture : *Celui-ci ne vaut rien, percez-nous en d'un autre.*

Son Hiſtoire de l'Académie eſt remplie de pareilles minuties écrites languiſſamment & ſans eſprit. Tous ceux qui liſent ce Livre ſans prévention ſont bien étonnés de la réputation qu'il a eûë.

(35) On ſçait à quel point Saint-Evremont étoit mauvais Poëte : ſes Comédies ſont encore plus mauvaiſes que ſes Vers ; cependant il avoit tant de réputation qu'on lui offrit cinq cens louis pour imprimer ſa Comédie de *Sir Politik*.

Evremont n'ose parler de Vers à personne. Balzac assomme de longues phrases hyperboliques, Voiture (36) & Benserade

(36) Voiture est celui de tous ces Illustres du tems passé qui eût le plus de gloire, & celui dont les Ouvrages la méritent peut-être le moins, si vous en exceptez cinq ou six petites Pieces de Vers. Il passoit pour écrire des Lettres mieux que Pline, & ses Lettres ne valent guéres mieux que celles de le Païs, ou de Boursaut. Voici quelques-uns de ses traits.

Lorsque vous me déchirez le cœur & que vous le mettez en mille pieces, il n'y en a pas une qui ne soit à vous, & un de vos souris confit mes plus ameres douleurs. Le regret de ne vous plus voir me coûte sans mentir cent mille larmes.... Sans mentir, je vous conseille de vous faire Roi de Madere: imaginez-vous le plaisir d'avoir un Royaume tout de sucre: à dire le vrai nous y vivrions avec beaucoup de douceur.

Il écrit à Chapelain. *Et certes quand il me vient en la pensée que c'est au plus judicieux homme de notre siécle, au Pere de la Lionne & de la Pucelle que j'écris, les cheveux me dressent si fort à la tête qu'il semble d'un Hérisson.*

Souvent rien n'est si plat que sa Poësie.

Nous trouvâmes près Sercote,
Cas étrange & vrai pourtant,
Des Bœufs qu'on voyoit broutant
Dessus le haut d'une Motte,
Et plus bas quelques Cochons,
Et bon nombre de Moutons.

Cependant Voiture a été admiré, parce qu'il est venu dans un tems où l'on commençoit à sortir de la Barbarie, & l'on couroit après l'esprit sans le connoître : il est vrai que Despreaux l'a comparé à Horace, mais Despreaux étoit alors fort jeune : il payoit volontiers ce tribut à la réputation de Voiture, pour attaquer plus sûrement celle de Chapelain qui passoit alors pour le premier génie de l'Europe.

de qui lui répondent par des Pointes &
des Jeux de mots dont ils rougiſſent eux-
mêmes le moment d'après.

Je cherchois le fameux Comte de Buſſy.
Madame de Sevigné qui eſt aimée de tous
ceux qui habitent le Temple, me dit que
ſon cher couſin homme de beaucoup d'eſprit, mais de ſon tems le plus vain, n'a-
voit jamais pû réüſſir à donner au Dieu du
Goût la bonne opinion que le Comte de
Buſſy avoit de Meſſire Roger de Rabutin.

> Buſſy qui s'eſtime & qui s'aime
>
> Juſqu'au point d'en être ennuyeux,
>
> Fut exilé de ces beaux lieux,
>
> Pour avoir d'un ton glorieux
>
> Parlé ſi ſouvent (37) de lui-même;
>
> Mais ſon fils, ſon aimable fils,
>
> Dans le Temple eſt toujours admis,

C'eſt

(37) Il écrivoit au Roi.

SIRE, *Le mal que vous m'avez fait ne m'a point ôté*
l'amitié, & a augmenté même l'eſtime que j'ai toujours eu
pour vous : ſi j'avois l'honneur d'être plus particuliérement
connu de Votre Majeſté, elle auroit de la bonté pour moi, &
j'oſe dire de l'eſtime.

SIRE, *Un homme comme moi, qui a de la naiſſance, de*
l'eſprit & du courage....

J'ai de la naiſſance, & l'on dit que j'ai de l'eſprit, SIRE,
our faire eſtimer ce que j'écris, &c.

C'eſt lui qu'on créa dans Paris (38)

Dieu de la bonne Compagnie,

Lui qui d'un charmant entretien,

Ne voulant flatter ni médire,

Sans le croire parle auſſi bien

Que ſon Pere pouvoit écrire.

Je vis arriver en ce lieu,

Le brillant Abbé de Chaulieu,

Qui chantoit en ſortant de Table :

Il oſoit careſſer le Dieu

D'un air familier mais aimable :

Sa vive imagination

Prodiguoit dans ſa douce yvreſſe

Des beautés ſans correction , (39)

Qui

---

(38) Le talent de plaire dans la ſocieté eſt le premier de tous les talens , & celui qui diſtingue la perſonne dont il eſt ici queſtion.

(39) L'Abbé de Chaulieu dans une Epître au Marquis de la Fare , connuë dans le public ſous le titre du *Deiſte* , dit :

J'ai vû de près le Stix ; j'ai vû les Eumenides,
Déja venoient frapper mes oreilles timides
Les affreux cris du Chien de l'Empire des Morts ....

Le moment d'après , il fait le portrait d'un Confeſſeur & *parle du Dieu d'Iſraël.*

Dans une autre Piece ſur la Divinité.

D'un Dieu moteur de tout , j'adore l'exiſtence ....
Ainſi l'on doit paſſer avec tranquillité ,
Les ans que nous départ l'aveugle deſtinée .....

On trouve dans ſes Poëſies beaucoup de contradictions pareilles. Il n'y a pas trois Pieces écrites avec une correction

continuë ;

Qui choquoient le sens , la justesse ,
Mais respiroient la passion.
 La Farre avec plus de molesse (41)
En baissant sa Lyre d'un ton ,
Chantoit auprès de sa Maitresse
Quelques Vers sans précision ,
Que le plaisir & la paresse
Dictoient à ce gros Céladon.

Le Dieu aimoit fort ces deux Messieurs , & sur tout la Farre qui ne se piquoit de rien , & qui même avertissoit son ami Chaulieu de ne se croire que le premier des Poëtes négligés , & non pas le premier des bons Poëtes , comme l'Abbé s'en flatoit de très-bonne foi :
Cependant ils se mirent à faire conversation avec quelques-uns des plus aimables hommes de leur tems : ces entretiens

____

continuë ; mais les beautés de sentiment & d'imagination qui y sont répanduës en rachetent les défauts.

L'Abbé de Chaulieu mourut en 1720. âgé de près de quatre-vingt ans , avec beaucoup de courage d'esprit.

(41) Le Marquis de la Fare , Auteur des Mémoires qui portent son nom, & de quelques Pieces de Poësie qui respirent la douceur de ses mœurs , étoit encore plus aimable homme qu'aimable Poëte : il est mort en 1718. Ses Poësies sont imprimées à la suite des Oeuvres de l'Abbé de Chaulieu son intime Ami.

tiens n'ont ni l'affectation de l'Hôtel de Rambouillet, (42) ni le tumulte qui regne chez nos jeunes étourdies.

> On y sçait fuir également
>
> Le précieux, le pédantisme,
>
> L'air empesé du Syllogisme,
>
> Et l'air fou de l'emportement ;
>
> C'est là qu'avec grace on allie
>
> Le vrai sçavoir à l'Enjoûment,
>
> Et la justesse à la Saillie.
>
> L'esprit en cent façons se plie,
>
> On sçait donner, rendre, essuyer
>
> Cent traits d'aimable raillerie :
>
> Le bon sens de peur d'ennuyer,
>
> Ressemble à la plaisanterie.

Quelquefois même on laisse parler long-tems la même personne, mais ce cas arrive très-rarement : heureusement pour moi, on se rassembloit en ce moment autour de la fameuse Ninon Lenclos.

Ninon

---

(42) Despreaux alla réciter ses premiers Ouvrages à l'Hôtel de Rambouillet : il y trouva Chapelain, Cotin & quelques gens de pareil goût qui le reçurent fort mal.

Ninon cet objet si vanté, (43)

Qui si long-tems sçut faire usage

De son esprit, de sa beauté,

Et du talent d'être volage,

Faisoit alors avec gaieté,

A ce charmant Aréopage

Un discours sur la volupté.

Dans cet Art elle étoit maitresse,

L'auditoire étoit enchanté,

Et tout respiroit la tendresse :

Mes deux Guides en vérité,

Auroient volontiers écouté :

Mais, hélas ! ils sont d'une espece

Qui leur ôte la liberté,

Et les condamne à la sagesse.

Ils me laissérent entendre le sermon de Ninon. Je courus ensuite vers la le Couvreur, & mes conducteurs s'amusérent à parler

(43) Mademoiselle de Lenclos, connuë dans le tems de sa jeunesse & de sa beauté sous le nom de *Ninon*. Voyez son portrait à la fin d'un petit Livre sur la Musique des Anciens, composé par feu M. l'Abbé de Chateauneuf : ce petit Ouvrage est très-estimé des connoisseurs. Il se vend chez la veuve Pissot à la Croix d'or.

parler de Littérature avec quelques Jesuites qu'ils rencontrèrent. Un Janséniste dira que les Jesuites se fourent par tout, mais la verité est que, de tous les Religieux, les Jesuites sont ceux qui entendent le mieux les belles Lettres, & qu'ils ont toujours réussi dans l'Eloquence & dans la Poësie. Le Dieu voit de très-bon œil beaucoup de ces Peres, mais à condition qu'ils ne diront plus tant de mal de Despréaux, & qu'ils avoueront que les Lettres Provinciales sont la plus ingénieuse, aussi bien que la plus cruelle, & en quelques endroits, la plus injuste Satyre) qu'on ait jamais faite.

On se doute assez que les bienfaicteurs du Temple y ont une place honorable , mais croiroit-on bien que Colbert y est mieux traité que le Cardinal de Richelieu ; c'est que Colbert protégea tous les beaux Arts, sans être jaloux des Artistes, & qu'il ne favorisa que de grands Hommes ; car il se dégoûta bien vite de Chapelain , & encouragea Despreaux. Le Cardinal de Richelieu au contraire fut jaloux du grand Corneille, & au lieu de s'en tenir, comme il le devoit , à proteger

ger les beaux Vers, il s'amufa à en faire
de mauvais avec Chapelain, Defmarets &
Colletet. (44) Je m'aperçus même que ce
grand Miniftre étoit moins gracieufe-
ment acueilli par le Dieu du Goût qu'un
certain Duc fon Neveu qui vient très-
fouvent dans le Temple. Les connoiffeurs
en belles Lettres difent pour raifon,

Que dans ce charmant Sanctuaire
L'honneur de proteger les beaux Arts qu'on chérit,
Mais

----

(44) Non-feulement le Cardinal de Richelieu fit quelquefois travailler Chapelain à des Ouvrages de Theâtre,
mais il s'apropria un mauvais Prologue de ce Chapelain :
c'étoit le Prologue d'un très-ridicule Poëme Dramati-
que, intitulé *les Tuilleries* : ce Cardinal fit bâtir la Salle
du Palais Royal pour repréfenter la Tragédie de *Mirame*
dont il avoit donné le fujet, & dans laquelle il avoit fait
plus de cinq cens Vers : il fe fervoit de Defmarets, de Colletet, de Faret, pour compofer des Tragédies dont il leur
donnoit le plan ; il admit quelque tems le grand Corneille
dans cette Troupe, mais le mérite de Corneille fe trouva
incompatible avec ces Poëtes, & il fut bien-tôt exclus :
ce Cardinal avoit fi peu de goût qu'il récompenfa ces
Vers impertinens de Colletet.

La Canne s'humetter de la bourbe de l'eau,

D'une voix enroüée & d'un battement d'aile,

Animer le Canard qui languit auprès d'elle.

Il vouloit feulement pour rendre ces Vers parfaits, qu'on
mit *barboter* au lieu d'*humetter*.

Mais aufquels on ne s'entend guére,

L'autorité du miniftere,

L'éclat, l'intrigue & le crédit,

Ne fçauroient égaler les charmes de l'efprit,

Et le don fortuné de plaire.

Les Connoiffeurs en galanterie ajou-
tent que fon Eminence (45) fit jadis l'a-
mour en vrai Pédan, & que fon Neveu
s'y prend d'une maniere affurément toute opofée. Il y a dans cette demeure bien
des Habitans qui, comme lui, n'ont
fait aucun Ouvrage.

Qui fagement livrés aux douceurs du loifir,

Ont paffé de leurs jours les momens déleƈtables,

A recevoir, à donner du plaifir,

De chanter & d'écrire ils ont été capables,

Mais pour être en ce Temple & pour y réuffir

Qu'ont-ils fait? ils étoient aimables.

C'eft

____

(45) Le Cardinal de Richelieu fit foutenir des Thèfes fur
l'*Amour* chez fa Niéce la Ducheffe d'Aiguillon : il y avoit
un Préfident, un Répondant, & des Argumentans : il y
a à Paris une copie de ces Thèfes chez un Curieux : ces
Thèfes font divifées en plufieurs pofitions comme les
Thèfes de Collége ; la premiere pofition eft, *Qu'il ne faut
point parler d'un véritable Amour après fa fin, parce qu'un
véritable Amour eft fans fin.*

C'eſt entre ces voluptueux & les Artiſtes qu'on trouve le facile, le ſage, l'agréable la Faye : heureux qui pouroit paſſer comme lui les dernieres années de ſa vie, tantôt compoſant des Vers aiſés & pleins de grace, tantôt écoutant ceux des autres ſans envie & ſans mépris, ouvrant ſon cabinet à tous les Arts & ſa maiſon aux ſeuls hommes de bonne compagnie. Combien de Particuliers dans Paris pouroient lui reſſembler dans l'uſage de leur fortune ? mais le Goùt leur manque, ils joüiſſent inſipidement, & ils ne ſçavent qu'être riches.

Devant le Dieu eſt un grand Autel où les Muſes viennent préſenter tour à tour des Livres, des Deſſeins & des ornemens de toute eſpéce : on y voyoit tous les Opéras de Lully & pluſieurs Opéras de Deſtouches & de Campra. Le Dieu eut deſiré quelquefois dans Deſtouches une Muſique plus forte, ſouvent dans Campra un recitatif mieux déclamé, & de tems en tems dans Lully quelques airs moins froids; tantôt les Muſes, tantôt les Peliſſiers & les le Mores chantent ces Operas charmants: le Temple réſonne de leurs voix touchan-
tes,

tes, tout ce qui eſt dans ces beaux lieux aplaudit par un leger murmure plus flâteur que ne le feroient les acclamations emportées du peuple : les mauvais Auteurs & leurs amis prétent l'oreille autour du Temple , entendent à peine quelques fons , & fiflent pour fe vanger.

Sur l'Autel du Dieu on voit le Plan de cette belle façade du Louvre, dont on n'eſt point redevable au Cavalier Bernin qu'on fit venir inutilement en France avec tant de frais (46) , & qui fut conſtruite par Loüis le Vau homme admirable & trop peu connu : là eſt le deſſein de la Porte S. Denis, dont la plûpart des Pariſiens ne connoiſſent pas plus la beauté que le nom de François Blondel qui acheva ce Monument. Cette admirable Fontaine qu'on remarque ſi peu (47) & qui eſt ornée des
pré-

_____

(46) Louis XIV. donna au Cavalier Bernin cinquante mille écus de gratification, ſon portrait enrichi de diamans , cent francs par jour depuis ſon départ de Rome juſqu'à ſon retour , & ſix mille livres de penſion ſa vie durante : cependant Bernin ne fit ici rien de digne de ſa réputation ; on a encore les modéles qu'il donna, & on convient qu'on eût raiſon de lui préférer les Architectes Français.

(47) C'eſt la Fontaine S. Innocent petit chef-d'œuvre d'Architecture & de Sculpture : le deſſein eſt encore d'un
Fran-

précieuses Sculptures de Jean Gougeon, le Portail de S. Gervais chef-d'œuvre d'Architecture à qui il manque une Eglise, une Place & des Admirateurs, & qui devroit immortaliser le nom de Desbrosses encore plus que le Luxembourg qu'il a aussi bâti; tous ces beaux Monumens attirent souvent les regards du Dieu. Il aime la gloire de notre Nation, il est bien aise que ce soit un Parisien, Louis de Foix, qui ait été préféré à tous les Architectes de l'Europe pour bâtir l'Escurial; il se réjouit que l'Italie soit ornée des Sculptures (48) du Puget, de Théodon, de le Gros & de tant d'autres Sculpteurs Français.

Le

Français nommé Pierre Lescot connu sous le nom de l'Abbé de Clagni : ce fut lui qui jetta les premiers fondemens du Louvre sous François I. Cet Architecte eut le même honneur qu'on fit depuis à Louis le Vau : ses desseins furent préférés à ceux de Sebastien Serlio qu'on avoit fait venir d'Italie.

(48) Les plus belles Statuës de l'Eglise de Sainte Marie de Carignan à Genes sont du Puget : il y a sur tout un S. Sebastien qui pour la force & l'expression, égale Michel-Ange, l'Algarde & toute l'Antiquité. Theodon & le Gros remportérent dans Rome le prix au concours, & firent il y a environ trente ans deux groupes de marbre de cinq figures chacun, qui sont placés dans l'Eglise de S. Ignace, & admirés même des Italiens.

C

Le deſſein de Verſailles ſe trouve à la vérité ſur l'Autel, mais il eſt accompagné d'un Arrêt du Dieu qui ordonne qu'on abatte au moins tout le côté de la Cour, afin qu'on n'ait point à la fois en France un Chef-d'œuvre de mauvais Goût & de magnificence : par le même Arrêt, le Dieu ordonne que les grands morceaux d'Architecture très-déplacés & trés-cachés dans les boſquets de Verſailles, ſoient tranſportés à Paris pour orner des Edifices publics.

Une des choſes que le Dieu aime davantage, eſt un Recueil d'Eſtampes d'après les plus grands Maîtres, entrepriſe utile au genre humain, qui multiplie à peu de frais le mérite des meilleurs Peintres, qui fait-revivre à jamais dans tous les cabinets de l'Europe des beautés qui périroient ſans le ſecours de la Gravure, & qui peut faire connoître toutes les Ecoles à un homme qui n'aura jamais vû de Tableaux.

Crozat préſide à ce deſſein,
(49) Il conduit le docte Burin

___

(49) N... Crozat, l'un des amateurs les plus diſtin-
gués

De la gravure scrupuleuse

Qui d'une main laborieuse,

Immortalise sur l'airain,

Du Carache la source heureuse,

Et la belle ame du Poussin.

Dans le tems que nous arrivâmes le Dieu s'amusoit à faire élever en relief le modéle d'un Palais parfait ; il joignoit l'Architecture extérieure du Château de Maisons avec les dedans de l'Hôtel de Lassay, lequel par sa situation, ses proportions & ses embellissemens, est digne du Maître aimable qui l'occupe, & qui luimême a conduit l'ouvrage.

Tous les amateurs consideroient ce modéle avec attention. Parmi eux étoit le President de Maisons, qui depuis le moment fatal où il a été enlevé à ses amis & aux beaux Arts, dont il faisoit les délices, jouit auprès du Dieu du Goût, de l'immortalité qu'il mérite, (49) Quelle fut

___

gués & excellent connoisseur, a entrepris de faire graver tous les beaux Tableaux qui sont en France : cette belle & utile entreprise est déja fort avancée.

(49) René de Longueüil de Maisons, Président du Parlement,

fut ma félicité de le recevoir , de pouvoir prendre encore de ses leçons, & de
jouir de son utile entretien?

O transport ! ô plaisirs ! ô moment plein de char-
　　　　mes !
Cher Maisons, m'écriai-je , en l'arrosant de larmes :
C'est toi que j'ai perdu , c'est toi que le trépas ,
A la fleur de tes ans vint fraper dans mes bras.
La mort , l'affreuse mort fut sourde à ma priere,
Ah ! puisque le destin nous vouloit séparer ,
C'étoit à toi de vivre, à moi seul d'expirer.
Hélas ! depuis le jour où j'ouvris la paupiere ,
Le Ciel pour mon partage a choisi les douleurs,
Il séme de chagrins ma pénible carriere ,
La tienne étoit brillante & couverte de fleurs :
　　　　　　　　　　　　　　　　　　Dans

ment, mort à Paris en 1731. à l'âge de 30. ans, & n'ayant
laissé pour héritier qu'un enfant de quelques mois, mort
l'année suivante : il avoit eu du goût pour tous les Arts dès
sa premiere jeunesse : il avoit un Jardin de plantes plus
complet & mieux entretenu que celui du Roi ne l'étoit
alors : il commençoit un cabinet de tableaux, il s'amusoit quelquefois à faire des vers, & même de la musique :
il étoit excellent critique, peu aimé de ceux qui ne le
connoissoient pas , & chéri avec la plus vive tendressede ses
amis qui en parlent encore les larmes aux yeux.

Dans le sein des plaisirs , des Arts & des honneurs ,

Tu cultivois en paix les fruits de ta sagesse ,

Ta vertu n'étoit point l'effet de la foiblesse ,

Je ne te vis jamais offusquer ta raison ,

Du bandeau de l'exemple & de l'opinion.

L'homme est né pour l'erreur : on voit la molle ar-
    gile

Sous la main du Potier moins souple & moins
    docile

Que l'ame n'est fléxible aux préjugés divers ,

Précepteurs ignorans de ce foible Univers.

Tu bravas leur empire , & tu ne sçus te rendre

Qu'aux paisibles douceurs de la pure amitié ,

Et dans toi la Nature avoit associé

A l'esprit le plus ferme , un cœur facile & tendre.

Que ne puis-je au lieu de ces Vers raporter la conversation qu'eut avec lui un
de mes guides , & tout ce qu'ils dirent
d'utile sur la maniere dont les Arts sont
aujourd'hui traités ? Je les suivis tous
trois dans la Bibliothéque du Dieu ; pres-
que tous les livres y sont de nouvelles
éditions revûës & retranchées : les Oeuvres de Marot & de Rabelais sont rédui-
tes à cinq ou six feüilles , Saint-Evremont

à un très-petit Volume, Bayle à un seul Tome, Voiture à quelques pages.

De là on passa dans le lieu le plus reculé du Sanctuaire ; un petit nombre de grands Hommes y faisoient ce qu'ils n'avoient jamais fait pendant leur vie ; ils voyoient & corrigeoient tous leurs défauts : la Bruyere adoucissoit dans son stile nerveux & singulier des tours durs & forcés qui s'y rencontrent , l'aimable Auteur du Telemaque retranchoit des détails & des répétitions dans son Roman moral , & rayoit le titre de Poëme Epique que quelques zélés lui donnent ; car il avoüoit sincérement qu'il n'y a point de Poëme en Prose (50) : Bossuet annoblissoit beaucoup de familiarités qui avilissent quelquefois ses sublimes Oraisons funebres : Pierre Corneille joignoit enfin l'esprit de discernement à son vaste génie , & il convenoit que Surena n'étoit pas égal à Polieucte.

L'élé-

---

(50) Jamais l'illustre Fenelon n'avoit prétendu que son Telemaque fut un Poëme : il connoissoit trop les Arts pour les confondre ainsi : lisez sur ce sujet une Dissertation de l'Abbé Fraguier imprimée dans les mémoires de l'Academie des Inscriptions.

L'élégant, le tendre, l'ingénieux Racine tenoit entre ses mains les Portraits de Bajazet, de Xiphares, de Pharnace, d'Hypolite, de Britannicus, de Titus ; tous ces Amans se ressembloient un peu trop, il en tomboit d'accord, & cependant il ôtoit lui-même à Berenice le nom de tragedie pour lui substituer celui d'élégie en dialogue.

La Fontaine qui avoit reçû de la Nature l'instinct le plus heureux que jamais homme ait eu osoit enfin raisonner : il accourcissoit ses Contes , & il corrigeoit quelques-unes de ses fables. Le sage Boileau, ce Maître du Parnasse ayant rendu justice à tant d'Auteurs se la rendoit aussi : il avoit ôté de (51) ses Ouvrages l'Ode

de

(51) Despreaux si admirable dans le stile didactique & qui faisoit des vers Alexandrins avec tant de justesse, de force & d'élégance, n'avoit point du tout le génie de l'Ode, tant les talens des hommes sont bornés : son Ode sur Namur a passé chez tous les connoisseurs pour être plate & dure. Voici des exemples de sa platitude.

Malgré Vous, Namur en poudre
S'en va tomber sous la foudre
Qui dompta Lille & Courtrai,
Gand la superbe Espagnole,

Saint

de Namur auffi-bien que deux ou trois de fes Satyres, & toutes ces petites Piéces qu'il fit imprimer par foibleffe dans un âge avancé : je le vis qui embraffoit Quinaut par ordre exprès du Dieu ; mais il y avoit trop de contrainte dans fes embraffemens, & Quinaut lui pardonnoit d'un air plus naturel.

Moliere

> *Saint-Omer, Befançon, Dole,*
> *Ypres, Maftrict & Courtrai,*
> *Dépouillez votre arrogance*
> *Fiers Ennemis de la France,*
> *Et deformais gracieux,*
> *Allez à Liege, à Bruxelles,*
> *Porter les humbles nouvelles*
> *De Namur prife à vos yeux.*

Exemples de dureté.

> *Confidérez ces aproches,*
> *Voyez grimper fur ces roches*
> *Ces Athletes belliqueux,*
>
> . . . .
>
> *Et fur des monceaux de piques*
> *De corps morts, de rocs, de briques,*
> *S'ouvrir un large chemin.*

Ce qui furprendra davantage les gens de goût, c'eft qu'on loue l'élégance de ces vers dans un livre excellent intitulé, *Réflexions fur la Poëfie & fur la Peinture.* Le fçavant & ingénieux Auteur de ce livre s'eft bien trompé affurément, en apellant ces vers élégans. Comment un homme qui fe connoit un peu en vers peut-il fouffrir le terme de *corps morts*, & l'image foible des briques placée après l'image forte des morts entaffés fur lefquels le Soldat vole à la bréche.

Moliere tendoit la main de tems en tems à Renard qui travailloit derriere eux. Renard faifoit des portraits charmans quand il étoit encouragé par les regards de Moliere, mais dès qu'il n'en étoit plus vû, il faifoit grimacer fes figures.

Je connus par tout ce que je vis, que le Dieu du Goût eft très-difficile à fatisfaire, mais qu'il n'aime point à demi. Je vis que les ouvrages qu'il critique le plus en détail, font fouvent ceux qui en tout lui plaifent davantage.

> Nul Auteur avec lui n'a tort,
> Quand il a trouvé l'art de plaire,
> Il le critique fans colére,
> Mais il l'aprouve avec tranfport.
>
> Melpoméne étalant fes charmes
> Vient lui prefenter fes Héros;
> Le Dieu connoit tous leurs défauts,
> Mais c'eft en répandant des larmes.
>
> Malheureux qui toujours raifonne,
> Et qui ne s'attendrit jamais.
> Dieu du Goût ton divin Palais
> Eft un féjour qu'il abandonne.

Ce qui me charmoit davantage dans cette demeure délicieufe, c'étoit de voir avec quelle heureuse agilité l'esprit se proméne sur différens plaisirs en parcourant de suite les Arts, & caressant tant de beautés diverses,

> On y passe facilement
> De la Musique à la Peinture,
> De la Physique au sentiment,
> Du Tragique au simple agrément,
> De la Danse à l'Architecture.
> Tel Homére peignoit ses Dieux
> Planant sur la terre & sur l'onde,
> Et cent fois plus prompt que nos yeux,
> S'élançant du centre des Cieux,
> Jusqu'au bout de l'Axe du monde.

Aussi serois-je trop long si je disois tout ce que je vis dans ce Temple. Grace au siécle de Loüis XIV, une foule de Grands hommes en tout genre qui avoient honoré ce beau siécle s'etoient rangés avec mes deux guides au tour du grand Colbert. Je n'ai exécuté, disoit ce Ministre, que la moindre partie de ce que je méditois, j'aurois voulu que Loüis XIV. eût employé aux embellissemens nécessaires de sa Capitale les trésors ensévelis dans Versailles, & prodigués pour forcer la nature : si j'avois vêcu plus long-tems Paris

auroit

auroit pû furpaſſer Rome en magnificence & en bon Goût, comme il la furpaſſe en
grandeur : ceux qui viendront après moi
feront ce que j'ai feulement imaginé ;
alors le Royaume fera rempli des monumens de tous les beaux Arts : déja les
grands chemins qui conduifent à la Capitale font des promenades délicieufes, om-
bragées de grands Arbres l'efpace de plufieurs milles, & ornées même de (53)
Fontaines & de Statuës : un jour vous
n'aurez plus de temples Gothiques ; (54)
les falles de vos Spectacles feront dignes
des ouvrages immortels qu'on y repre-
fente, de nouvelles Places & des Mar-
chés publics conſtruits fous des colona-
des, décoreront Paris comme l'ancienne
Rome:

---

(53) Sur le chemin de Juvifi on a élevé deux Fontaines
dont l'eau retombe dans de grands baffins ; des deux côtés
du chemin font deux morceaux de Sulpture, l'un eft de
Coftou & eft fort eftimé ; il eft trifte que fon ouvrage ne
foit pas de marbre, mais feulement de pierre.

(54) Les Salles de tous les Spectacles de Paris font fans
magnificence, fans goût, fans commodités, ingrates
pour la voix, incommodes pour les Acteurs & pour les
Spectateurs : ce n'eft qu'en France qu'on a l'impertinente
coutume de faire tenir de bout la plus grande partie de
l'Auditoire.

Rome , les eaux feront diſtribuées dans toutes les maiſons comme à Londres , les inſcriptions de Santeüil ne feront plus la ſeule choſe que l'on admirera dans vos fontaines , la Sculpture étalera partout ſes beautés durables , (55) & annoncera aux Etrangers la gloire de la Nation , le bonheur du Peuple, la Sageſſe & le Goût de ſes conducteurs : ainſi parloit ce grand Miniſtre.

Qui n'auroit aplaudi, quel cœur Français n'eût été émû à de tels diſcours ? On finit par donner de juſtes Eloges & par ſouhaiter un ſuccès heureux aux grands deſſeins que le (56) Magiſtrat de la Ville de Paris a formé pour la décoration de cette Capitale.

Enfin

(55) C'étoit en effet le deſſein de ce grand homme : un de ſes projets étoit de faire une grande place de l'Hôtel de Soiſſons : on auroit creuſé au milieu de la place un vaſte baſſin qu'on auroit rempli des eaux qu'il devoit faire venir par de nouveaux Aqueducs : du milieu de ce baſſin entouré d'une baluſtrade de marbre devoit s'élever un rocher ſur lequel quatre Fleuves de marbre auroient répandu l'eau , qui eût retombé en nappe dans le baſſin , & qui de là ſe feroit diſtribuée dans les maiſons des citoyens : le marbre deſtiné à cet incomparable monument étoit acheté , mais ce deſſein fut oublié avec M. Colbert qui mourut trop tôt pour la France.

(56) N... de Turgot, Préſident au Parlement, Prevôt
des

Enfin après une conversation utile dans laquelle on loüoit avec justice ce que nous avons, & dans laquelle on regrétoit avec non moins de justice ce que nous n'avons pas, il fallut se séparer : j'entendis le Dieu qui disoit à ses deux amis en les embrassant.

> Adieu, mes plus chers Favoris,
> Par qui ma gloire est établie,
> Tant que vous serez dans Paris
> Je n'ai pas peur que l'on m'oublie,
> Mais prêchez, je vous en suplie
> Certains prétendus beaux esprits,
> Qui du faux goût toujours épris,
> Et toujours me faisant insulte,
> Ont tout l'air d'avoir entrepris
> De traiter mes Loix & mon Culte,
> Comme l'on traite leurs Ecrits.

Il les pria ensuite de faire ses complimens à un jeune Prince qu'il aime tendrement,

des Marchands qui a déja embelli cette Capitale, a fait marché avec des Entrepreneurs pour agrandir le Quai derriere le Palais, le continuer jusqu'au pont de l'Isle, & joindre l'Isle au reste de la Ville par un beau pont de pierre : il n'y a point de citoyen dans Paris qui ne doive s'empresser à contribuer de tout son pouvoir à l'execution de pareils desseins qui servent à notre commodité, à nos plaisirs & à notre gloire.

drement, & s'échauffant à son nom
avec un peu d'entousiasme que ce Dieu
ne dédaigne pas quelquefois, mais qu'il
sçait toûjours modérer, il prononça ces
vers avec vivacité.

> Que toûjours CLERMONT s'illumine
> Des vives clartés de ma Loi (57)
> Lui, ses Sœurs, les Amours & moi,
> Nous sommes de même origine.
>
> CONTY, sçachez à votre tour
> Que vous êtes né pour me plaire
> Aussi-bien qu'au Dieu de l'Amour.
> J'aimai jadis votre Grand-Pere,
> Il fut le charme de ma Cour,
> De ce Héros suivez l'exemple,
> Que vos beaux jours me soient soumis,
> Croyez-moi, venez dans ce Temple,
> Où peu de Princes sont admis.
>
> Vous, noble jeunesse de France,
> Secondez les chants des beaux Arts,
> Tandis que les foudres de Mars
> Se reposent dans le silence,
> Que dans ces fortunés loisirs

L'esprit

______

(57) M. le Comte de Clermont, Prince du Sang a fondé
à l'âge de vingt ans une Académie des Arts composée de
cent personnes qui s'assemblent chez lui, & il donne une
protection marquée à tous les gens de Lettres ; on ne
sçauroit trop proposer un tel exemple aux jeunes Princes.

L'esprit & la délicatesse,
Nouveaux guides de la jeunesse,
Soient l'ame de tous vos plaisirs.
(58) Je vois Thalie & Melpoméne
Vous suivre en secret quelques fois,
Et quitter Gossin & Dufresne
Pour venir entendre vos voix,
Et vous aplaudir sur la Scéne.

Que des Muses à vos genoux,
Les lauriers à jamais fleurissent,
Que ces arbres s'énorgueillissent
De se voir cultivés par vous.
Transportez le Pinde à Cythère,
(59) Brassac chantez, gravez Cailus (60)

Ne

(58) Il y a plus de vingt maisons dans Paris dans lesquelles on represente des Tragédies & des Comédies : on a fait même beaucoup de Pieces nouvelles pour ces Sociétés particuliéres : on ne sçauroit croire combien est utile cet amusement qui demande beaucoup de soin & d'attention, il forme le goût de la Jeunesse, il donne de la grace au corps & à l'esprit, il contribuë au talent de la parole, il retire les jeunes gens de la débauche, en les accoutumant aux plaisirs purs de l'esprit.

(59) M. le Chevalier de Brassac, non-seulement a le talent très-rare de faire la musique d'un Opéra, mais il a le courage de le faire joüer, & de donner cet exemple à la Noblesse Française : il y a déja long-tems que les Italiens qui ont été nos maîtres en tout, ne rougissent pas de donner leurs ouvrages au Public : le Marquis Maffei vient de rétablir la gloire du Theâtre Italien : le Baron d'Astorga, & le Prélat qui est aujourd'hui Archevêque de Pise, ont fait plusieurs Opéras fort estimés.

(60) N... Marquis de Caïlus est célébre par son goût
pour

Ne craignez point, jeune Surgere (61)
D'employer des soins assidus
Aux beaux vers que vous sçavez faire,
Et que tous les sots confondus,
A la Cour & sur la Frontiere,
Desormais ne prétendent plus (62)
Qu'on déroge & qu'on dégénére
En suivant Minerve & Phébus.

pour les Arts & par la faveur qu'il donne à tous les bons Artistes ; il grave lui-même & met une expression singuliere dans ses desseins : les Cabinets des Curieux sont pleins de ses Estampes : M. de Saint-Maurice, Officier aux Gardes grave aussi, & se sert davantage du Burin : il a fait une Estampe d'après le Nain qui est un chef-d'œuvre.

(61) N . . . de la Rochefoucaut, Marquis de Surgére a fait une Comédie intitulée, *l'Ecole du Monde*, Piece sans contredit bien écrite, & pleine de traits que le célébre Duc de la Rochefoucaut, Auteur des Maximes auroit aprouvés.

(62) On commence depuis quelque tems à revenir de ce sot préjugé qui sentoit encore la barbarie.

F I N.